LETTRE

D'UN ACADEMICIEN

DE PROVINCE,

A MESSIEURS

DE L'ACADEMIE

FRANÇOISE.

par M. du Molard.

M. DCC. XLIX.

qu'on avoit lû précédemment à vos
Affemblées publiques plufieurs Actes de la Tragédie de Catilina, &
nous avons pour vous une eftime
trop refpectueufe, pour penfer qu'au-
cun de vous ait pû donner fon fuffra-
ge à cette Piéce. Nous fçavons même
comment tout le Public en penfe
aujourd'hui, & nous pouvons vous
affurer pour notre honneur, qu'il n'y
a perfonne dans votre Académie qui
n'ait ratifié l'Arrêt porté par tout le
monde à la lecture. Mais ce qui nous
furprend, ce dont nous ne trouvons
aucune raifon, c'eft que le Parterre
de Paris ait pû être, dit-on, ébloui
quelque tems à la repréfentation.
Nous concevons très-bien que des
Piéces mal-écrites puiffent féduire
fur le Théatre, par quelques fitua-
tions touchantes, cela eft très-com-
mun; mais nous ne voyons rien dans
Catilina qui puiffe le moins du monde excufer l'illufion. Il y a encore
un autre point qui nous furprend, ce
font les éloges affectés qu'on donne
à cet Ouvrage dans certains Papiers

publics, on le loue, on l'admire, &
on en apporte en preuves des Vers
de la Piéce qui font tous barbares &
vuides de fens ; de forte qu'on ne
fçait fi ces Journaliftes, politiques ou
malins ont voulu rire ou parler fé-
rieufement.

Nous penfons (& nous ofons croire que c'eft votre avis) que la faveur
prodiguée à des piéces mauvaifes à un
certain point eft infiniment plus dan-
gereux pour l'intérêt des Lettres, que
ne peuvent l'être les Critiques inju-
ftes des bonnes Piéces. Car, Messieurs vous fçavez combien le fuc-
cès, même paffager d'une méchante
Tragedie, enhardit à en donner de
pareille ; combien la pareffe s'encou-
rage par cet exemple à ne pas travail-
ler des Ouvrages qui demandent un
foin fi prodigieux !

On fe dit à foi-même : Voilà une
Tragedie fans conduite & fans ver-
fification qui a réuffi ; pourquoi me
donnerai-je la peine extrême que
l'économie de l'Art dramatique &
la Poëfie exigent, puifque je puis

ſi facilement obtenir du ſuccès.

Voilà, Messieurs, ce qui pro-
duit cette foule d'Ouvrages mépri-
ſables dont nous ſommes inondés en
tout genre. Il faut oppoſer une digue
à ce torrent : & vous, Messieurs,
qui avez critiqué le Cid vous trou-
verez bon, ſans doute, que nous exa-
minions ici, ſous vos auſpices, une
Piéce qui a été autant favoriſée que
le Cid fut perſecuté? Nous vous demandons pardon d'une telle com-
paraiſon, elle ne regarde que leur
deſtinée.

Ce qui nous a frappés dès la premiere Scéne, c'eſt que les Perſonna-
ges ne diſent point du tout ce qu'ils
doivent dire. On parle en général de
conſpiration ; mais on ne dit point
comment, pourquoi l'on conſpire :
on avoit devant les yeux l'admirable
expoſition de Cinna ; mais on ſe gar-
de bien d'imiter un tel modele.

Catilina commence par dire à Lentulus :

Ceſſe de t'effrayer du ſort qui me ménace,

Plus j'y vois de périls, plus je me fens
d'audace.

Non feulement ces Vers font mauvais, parce que cette expreffion , *je
vois des périls au fort qui me ménace* , eft
un galimatias barbare , ainfi que tout
ce qui fuit ; mais ce même Catilina ,
qui dit , qu'on craint pour fon fort,
ménace au contraire le fort de Rome ; & ne dit pas un mot qui laif-
fe feulement foupçonner *que fon fort
foit en péril*, pour me fervir de fes ex-
preffions.

Comme cette Scéne a commencé
par une contradiction , tout le refte
nous en a paru une fuite : Lentulus
qui eft non-feulement l'égal , mais le
fupérieur de Catilina lui parle ainfi :

Dis-moi , fi ta fierté jufques-là peut
   defcendre ,
Pourquoi faire égorger Nonnius cette
   nuit.

Catilina daigne abaiffer fon orgueil,
jufqu'à répondre en partie à cette

queſtion faite en ſi beaux Vers ; il ne dit pas , à la verité , quel eſt ce Nonnius qu'on a égorgé cette nuit ; mais il l'a fait égorger, dit-il , pour conſerver ſon credit chez les Conjurés. C'eſt aſſurement un beau ſecret , & c'eſt la vraie façon de ſe faire des amis; mais il en apporte pour raiſon , qu'il faut être prompt à plier . & il ajoute admirablement & élegamment, qu'on doit

Laiſſer de ſon renom le ſoin à ſes ſuccès ,
Tel on déteſte avant , que l'on adore après.

Ce galimatias burleſque étant fini, le bon Lentulus change la converſation , & lui demande, par maniere d'acquit , des nouvelles de ſes Maîtreſſes , Fulvie & Tullie , laquelle Tullie eſt fille *de Ciceron enfin l'objet de ſon couroux.*

Catilina répond que *cette flamme où l'on croit que tout ſon cœur s'applique, eſt un fruit de ſa haine & de ſa politique, & qu'il ne s'applique à cette flamme,* fruit de sa haine , que pour perdre Ciceron : *qu'il a sur ses rivaux sa gloire & sa valeur , qu'il veut avec les Dieux partager l'Univers ; qu'il punira Rome de son obeïssance , & qu'il est né pour l'Empire ou pour la liberté.* Cet étrange persiflage achevé il renvoye Lentulus pour faire observer Curius, dont il n'est point parlé ailleurs.

Tout cela se passe dans un Temple. Il a ensuite une Scéne avec un grand Prêtre , duquel l'histoire ne parle point , & cette scéne n'est pas plus nécessaire à la piéce que la premiere. Catilina y dit que ce Temple *est orné de ses ayeux , que Rome a cru devoir placer parmi ses Dieux ,* quoiqu'assurement il n'en soit rien; il ajoute que *ces marbres généreux* lui disent qu'il faut être *généreux autant qu'eux,* ce qui veut dire , suivant la construction : qu'il faut être généreux comme ces marbres. Le grand Prêtre l'invite ,

'A pouvoir se vanter au reste des humains,

A v

Que sans avoir des Dieux emprunté
le tonnerre,
Un seul homme a changé la face de la
terre.

Et enfin Tullie interrompt cette
converſation. Catilina renvoye le
prétendu grand Prêtre, en lui diſant
noblement :

Et je vous rejoindrai bientôt ſi je le
puis.

Voici enſuite une Scéne entre Catilina & Tullie, qui eſt d'une eſpéce
nouvelle. Le galant Catilina lui fait
d'abord ce beau compliment.

Quoi, Madame, aux Autels vous de-
vancez l'Aurore,
Et quel ſoin ſi preſſant vous y conduit
encore ?
Qu'il eſt doux cependant de revoir vos
beaux yeux,
Et de pouvoir ici raſſembler tous mes
Dieux.

Tullie répond que ſi *ſes yeux* ſont
des *Dieux*, *ſes yeux* abhorrent les im-

(11)

pies , & que si le pouvoir de ses *yeux*
égaloit le couroux de ses *yeux*, la foudre deviendroit. le moindre coup de
ses yeux.

On auroit peine à croire que dans
ce tems ici on puisse écrire de ce stile;
cependant à la honte du siécle , la
chose n'est que trop vraye , & nous
vous avouons , MESSIEURS , que
nous avons ressenti quelque indigna-
tion en voyant qn'un homme de votre Corps écrit, comme il n'auroit pas
été permis à Garnier d'écrire ; nous
croyons que c'est contribuer au des-
honneur de notre siécle & de vous-
même , que de ne pas marquer combien vous êtes éloigné de tolerer de
semblables sottises.

Je poursuis , MESSIEURS : Tullie
se plaint qu'on a égorgé ce Nonnius,
& toujours sans dire qui il est , ni par
quelle raison , ni comment ce Nonnius a été egorgé cette nuit. Elle ac-
cuse Catilina d'une horrible conspi-
ration & toujours en citant les *Dieux*,
pour remplir les vers. Qui croiroit que
Catilina ainsi accusé par sa Maîtresse
par la fille du Consul qui a *des yeux* ,

A vj

dont la foudre devient le *moindre de
ses coups*, lui pût répondre:

D'un reproche odieux reprimez la li-
cence,

Songez, pour violer le refpect qui
m'eft dû,

Qu'il faut auparavant que je fois con-
vaincu.

Tullie ayant donc manqué au refpect, fait paroître un témoin ; &
ce témoin , c'eft une maîtreffe de
Catilina , qui eft déguifée en efclave.
Pourquoi cette mafcarade digne du
Théatre de la Foire ? Nous n'en fçavons rien ; Fulvie cette Dame Ro-
maine étant inconnue de Tullie,
n'avoit certainement pas befoin de
prendre un habit de Valet, & fi elle
avoit quelque dépofition à faire, fi
dans fon emportement contre Catilina elle vouloit le perdre, elle le pouvoit & le devoit faire , fans prendre
un habit qui ne cache pas fon vifage:
Vous fentez, MESSIEURS , combien
ce déguifement eft pueril , indécent,
inutile , & à quel point de telles maf-

cafades aviliroient la Scéne Tragi-
que.

Catilina ainfi accufé d'une cónf-
piration dont ni lui ni fon Accufatri-
ce , n'ont encore fait le moindre détail , demeure feul fur la Scéne , &
fe dit à lui tout feul tout ce qu'il auroit dû dire auparavant à fes amis. Il
eft vrai qu'il le dit dans les Vers les
plus durs , & les plus obfcurs qu'on
ait jamais faits. Enfin il s'en va en con-
cluant avec fon élegance ordinaire
que

> Pour rendre fans effet le couroux de
> Tullie,
> Il va mettre à profit les fureurs de
> Fulvie.

En attendant, MESSIEURS , qu'il
mette à profit les fureurs de Fulvie,
nous vous demandons , fi vous con-
noiffez un premier Acte plus bizarre,
plus obfcur , plus dénué de bon fens,
& plus barbarement écrit ? & nous
vous demandons comment il a pû ar-
river que ceux qui étoient les protecteurs de cet Ouvrage, forcés d'aban-

donner les derniers Actes, se retran-
chaffent à dire que le premier étoit
plus beau que Cinna ? Voilà , jufqu'où le ridicule de l'efprit peut
aller.

Les Protecteurs de Pradon avoient
à coup fûr plus de raifon de faire va-
loir fa Phedre : car , enfin, elle n'é-
toit que platte , & on ne pouvoit pas
lui reprocher un langage toujours vicieux, & uné conduite de la derniere
extravagance.

Vous me difpenferez, MESSIEURS,
d'entrer dans le défagréable & en-
nuyeux détail des Scénes du fecond
Acte. Vous fçavez à quel point ces
malheureux Dialogues qui n'abou-
tiffent à rien, entre Catilina, le grand
Prêtre & fa Maîtreffe Fulvie , font ré-
voltans ; mais c'eft fur Ciceron que
je ne peux me taire. Oui, MESSIEURS,
vous devez , en qualité de Maîtres de
la Langue & de foutien de l'Eloquence, une réparation autentique à
ce grand Orateur , à ce Conful rigou-
reux , pénétrant & agiffant , qui foul
fauva la République. Vous lui devez

juſtice de la façon indigne dont un Membre de votre Compagnie le fait parler & agir. Eh quoi, il ſera dit que dans notre ſiecle & ſous vos yeux, votre Confrere ait pouſſé l'ignorance & le mauvais goût juſqu'à nous faire du grand Ciceron un imbécile ? Quoi, MESSIEURS, quand toute la Terre ſçait que cet admirable Conſul veilla dans les premiers jours de ſon adminiſtration ſur les menées de Catilina, que ce fut lui qui par ſes ſoins infatigables, découvrit toute la conſpiration, & qu'il arma tout l'Ordre Equeſtre; qu'enfin il parla avec tant de force au Sénat que Catilina fut confondu par lui; il ſera permis de venir hardiment nous peindre Ciceron, comme un vieux perſonnage de Comédie, à qui Catilina dit: qu'il fait l'amour à ſa fille, & qui a la bêtiſe de donner dans ce paneau, & encore pour rendre cette impertinence complette, ce bon homme que Catilina a traité comme un valet, ſe met à dire dans un monologue;

Ah ! qu'il eft dangéreux , & qu'il eft
    redoutable ;
Employons fur fon cœur le pouvoir de
    Tullie *
Puifqu'il faut que le mien à ce point
    s'humilie.

Je ne parle pas ici, MESSIEURS,
des Vers plats, obfcurs, raboteux,
barbares qui fourmillent dans ce fecond Acte ; je fuis fi indigné du per-
fonnage bas & aviliffant qu'on donne au plus grand homme de ce tems-
là, que toutes les autres fautes difpa-
roiffent devant cette énorme bevûe.
Si la fidélité de l'hiftoire demandoit
du refpect pour la mémoire de ces
grands hommes de l'ancienne Rome,
c'étoit fans contredit pour Ciceron.
Que diroient vos Mongaut, vos Bou-
hier, vos d'Olivet, en voyant ainfi
déshonorer le pere de fa Patrie & de
l'Eloquence. Cette impertinence eft
bien digne de nos mauvais Auteurs
d'aujourd'hui, qui dénigrent Ciceron, pour mettre en credit le petit

ftile pincé & fardé & qui voudroient
donner du ridicule à l'antiquité la
plus respectable, pour faire passer leurs
jolies phrases & leur jargon. Je demande justice à l'Académie d'un tel
attentat contre l'Histoire & contre
l'Eloquence; je serois tenté de de-
mander justice à la Nation de ce qu'au
troisiéme Acte on travestit des Dépu-
tés d'une Province de la Gaule Ci-
salpine soumise aux Romains, en A -
bassadeurs de notre Pays; il est vrai
qu'heureusement on ne fait paroître
qu'une fois ces Ambassadeurs inuti-
les : mais cette fois seule est encore
trop. L'un de ces Ministres d'une es-
péce toute nouvelle, nommé *San-
non*, assure Catilina, que *la foi de
ses pareils n'est pas frivole : Qu'il est
Gaulois ainsi fidele à sa parole que l'honneur est le premier de leurs Dieux. Qu'à
leurs desseins c'est l'honneur qui préside,
que leurs Dieux, leurs Souverains,
la gloire & le devoir* & le reste, sans
que la phrase soit seulement achevée.
Il ajoute que dans ses discours il a
peu ménagé *la majesté de la riviere du*

Tibre. Mais il conclud en faisant toujours mention des *Dieux*, & toujours
avec la méme pureté de stile,

> Sitôt que de nos soins notre sort dé-
>   pendra,
> Je parlerois aux Dieux, comme à Ca-
>   tilina.

Remarquez, MESSIEURS, que Catilina répond à ce beau discours :

> Je ne condamne point un discours ma-
>   gnanime,
> Qu'un intérêt sacré doit rendre légi-
>   time ;
> Mais je le blâmerois, sur tout, si ma
>   vertu
> Ne vous inspiroit pas un respect qui
>   m'est dû.

Vous voyez que ce grand Catilina
qui aime un discours qu'un saint intérêt rend légitime, aime fort qu'on
le respecte ; il dit à la fille de Ciceron, qu'elle manquoit au respect qui
lui est dû, & il veut, sur tout, que
sa vertu inspire à l'Ambassadeur Gau-

loix *le respect qui lui est dû.* Ce Gaulois dont l'honneur est le premier des *Dieux* & qui sçait très-bien qu'il a à faire à des scelérats, à une troupe de bandits, dit à Catilina leur Chef :

> Ah ! dès que votre bras s'arme pour
>   la Justice,
> Il n'ait point de Gaulois qui ne vous
>   obéisse :
> Touchez dans cette main. Ce sont là
>   nos garants.

Après donc que cette main a été *des garants*, & qu'on a touché là, vous sçavez, Messieurs, le beau rôle que la fille de Ciceron vient jouer ; vous sçavez les belles maximes que Catilina débite ; vous sçavez que le succès est un enfant de *l'audace, que l'illusion fuit l'homme prudent, que l'intrepide voit mieux ce que le phantôme fuit, que c'est un trait de prudence d'aller jusqu'à l'insolence.* Tout cela, Messieurs, est de la même force, de la même vérité, de la même élégance que tout le reste.

Je ne vous ennuyerai point de

de l'Assemblée du Sénat au quatriéme Acte , nous avons appris qu'on rioit à cette Scéne comme à une Farce , & le *tai-toi* dont Caton est régalé par Catilina , les injures des halles que ce Héros dit aux Senateurs, sont en effet la farce la plus basse que nous ayons vû depuis long-tems ; il seroit superflu de rebattre ici ce que j'ai eû l'honnenr de vous dire sur Ciceron.

Vous m'avouerez qu'il est extrêmement comique que le Consul , au lieu de prononcer une Catilinaire dise bonnement :

Catilina , daignez reprendre votre
    place ,
De vos soins par ma voix le Sénat
    vous rend grace.

Mais il n'est pas moins plaisant que Caton dise ,

Catilina ; je crois que tu n'es point
    coupable ;
Mais si tu l'es, tu n'es qu'un homme
    détestable :
Car je ne vois en toi que l'esprit & l'é-
    clat

Du plus grand des mortels ou du plus
scélerat.

Je vois, MESSIEURS, que l'on n'a
proscrit le *Car* dans votre Académie,
bien qu'il ait soutenu autrefois des
rudes attaques ; mais je ne m'atten-
dois pas à le voir en vers quelque noblement accompagné qu'il soit.

Puisque tout le Public convint à ce
qu'on nous manda, que les deux derniers Actes étoient un peu foibles,
ce n'est pas la peine de disséquer ici
ces deux membres d'un corps qui est
mort aujourd'hui : & je sens qu'une
Critique en forme d'un Ouvrage qui
n'a point de forme, pourroit à la fin
ennuyer autant que la Piéce même.
J'ajouterai seulement que quand même la piéce eût été aussi-bien conduite que l'est l'Electre de Sophocle, la
façon dont elle est écrite d'un bout à
l'autre, la rendroit un Ouvrage dé-
testable & ridicule ; c'est vous que
j'en atteste, MESSIEURS ; connoissez-
vous un bon Ouvrage mal écrit ? Il
n'y en a point ; & Boileau a prononcé
cet Arrêt. Vous sçavez comme il étoit

révolté, en mourant, contre le ftile vicieux de Rhadamifte, & Mr
Racine nous apprend, que ce grand
Critique, difoit que le ftile des Pra-
dons étoit fort au - deffus de ce-
lui de tous ces Ouvrages boufoufflés
& pleins de barbarifmes, qu'on don-
noit alors, & qu'on a donné depuis.
Mais, MESSIEURS, fi vous mettez
les mots de *Paris* & de *Publics* dans
votre Dictionnaire daignez nous dé-
finir ce que c'eft que *Public* de *Paris*;
ayez la bonté de nous dire par quel
étonnant preftige on a été pendant
vingt repréfentations à une Tragédie qui faifoit rire, & qui eft regar-
dée à prefent par tout le monde
comme un chef d'œuvre d'abfurdité?
Dites-nous, fi on a été voir quelque-
fois cette piéce dans le même efprit,
qu'on lit le Poëme de la Madelaine,
dont il y a eû plufieurs Editions?
C'eft donc le privilege du ridicule
d'attirer la populace; nous fommes
perfuadés que la poftérité fera très-
embarraffée à expliquer cette énigme:
nous l'avons trouvée dans le Mercure

Galant ; mais nous n'avons pû en
deviner le mot. Ce Mercure qui
conserve toujours avec le même éclat
sa place ordinaire parmi les Ouvrages
littéraires, vient dans nos Provinces :
nous y avons lû un Article sur Catilina dressé par M. Remond de Sainte-
Albine, dans lequel on prodigue des
éloges à cette Piéce, aux dépens même de Racine. Voilà, MESSIEURS,
où nous en sommes, nous devenons
la risée des autres Nations : On dit
par tout que nous retombons dans la
barbarie ; cependant il est certain
que le Public n'est point Ostrogot ;
que si les Auteurs le sont, & s'il le
tolere quelque tems, il réclame ensuite contre sa propre indulgence avec
autant de force qu'il a paru avoir de
foiblesse ; mais supposé que dans quelques années, on sçache que les Jour-
naux ont loué Catilina, & que la
plus méchante & la plus folle Piéce
qui ait jamais paru, a été imprimée au
Louvre, que pensera-t-on de nous ?
Voilà, MESSIEURS, ce qui nous a enga-
gés à prendre la liberté de vous écrire,

afin de dépofer entre vos mains une
proteftation contre les juftes repro-
ches qu'on pourroit faire à notre fié-
cle : nous ofons même affurer qu'il
eft néceffaire que vous donniez à cette occafion quelque marque du zele
que vous avez pour le bon goût, &
pour la pureté de la Langue qui font
fi indignement violés aujourd'hui.
C'eft ce que nous attendons d'un
Corps auffi refpectable.

FIN.